句集

式日

安里琉太

SHIKI-JITSU

Ryuta Asato

左右社

句集

式日

目次

忘音

ひいふつとゆふまぐれくる氷かな

異様の寒の牡丹がうち敷かれ

悴みて水源はときじくの碧

寒雲の蒐まつてくる筆二本

霜の声してうすずみの山女の晝

蠟梅のまだ匂ひなき黄なりけり

ジャケッツの胸ばつばつと展きたる

書き出しのすでに日暮れて浮寝鳥

蠟梅をきれいな川の照りかへす

月評の火鉢のことをいつまでも

うすらひにうつそみの実の猩猩緋
編みさしの竹白みたる雨水かな

春泥やゆきゆきて着く中尊寺

あをぞらのさみしさにふる種袋

よく晴れて蕨の下は苔の國

芹の根をひきたるみづの昏さかな

流れゆく芥や種や田螺鳴く

人恋しくて春筍に影のある

竹秋の貝が泳いで洗ひ桶

古巣見てきて雲のおもての暮れすすむ

口を出る音の百態花ゑんど

桜湯のかなたに波の白むかな

箱庭のつまびらかなる木陰かな

うつすらと濡れて粽の笹の嵩

明易を吹かれてやまぬ鳥媒花

夏火鉢灰の均してありにけり

金亀子飛ぶことごとく遺作の繪
その夏の花の盛りを過ぎて訪ふ

水飯や枝打ちの樹を惜しみつつ

陶枕の雲の冷えともつかぬもの

陶枕のかそけく鳴りて寝ねられず
ぼうたんの闌けたるに蚊のつどふなり

ひもすがら沼に日の降る大暑かな

筒鳥や芥かがよふ沼の面

夏を澄む飾りあふぎの狗けもの

をみならの白き日傘の遠忌かな

ひとり寝てしばらく海のきりぎりす

糸瓜棚暑くなる日の雲の形

柄の細き二百十日の渋団扇

露草のひといろに雨濃うなりぬ

火の一穢映してみづの澄みにけり

葛咲くや淋しきものに馬の脚

小鳥来るほほゑみに似て疎なる川

柱みな蔦の中なる狐狸の國

山霧の粒立つて日に流れをり

秋冷や跪くべき花のあを

中空を雨白く降る猿酒

獺のおとがひも秋惜しむなり

禽の目のあをく茶の花日和かな

昼月におほ綿虫のふりやまず

もの掛くる釘あまたあり薬喰

面妖なをみなとなりし青写真

はんざきはみづを匿ひ十二月

葡萄枯る地の金色の荒々し

風紋

春昼を祀りて殊に猫の神

二階よりころのしてゐる木の芽かな

永き日が詩稿に尽きて蝶と貝

春は虚の蟻地獄なりすこし掘る

風鈴やたくさんの手と喉仏

夏鴨に芥のうすくひろごれり

花瓶よりおほきな蟻のでてきたる
むらさきにほそる人かげ豆御飯

涼しさや石より雲の彫り出され

風吹けば高さのそろふ夏の草

並べたる瓶に南風の鳴り通し

梯子して大窓磨く日向水

さざなみにプールの晴れてきたりけり

電話ボックスあまねく夏空を映し

日本の元気なころの水着かな

夕立のみるみる濡らす乾電池

蟻地獄をんなの服のはやく乾く

炎天をだらりと売られ貴金属

八月やえんぴつ書きの電車の絵

空瓶は蜥蜴を入れてより鳴らず

なつかしき雨を見てをる麦茶かな

くわいじうはひぐれをたふれせんぷうき

文弱の父に冷酒の夜の永し

岩と岩をつなぐセメント百日紅

夏まけや馬魚さかしまに流れ

この夏を千曳の岩と思ふなり

鴫焼やひとり暮らしの傘が増え

酒蒸しに開かぬ貝や夏の暮

蟷螂に風吹く朝が旅に似て

苔玉に花咲く秋となりにけり

ゆかりなき秋の神輿とすこし行く
このあたり同じ神なる神輿かな

秋声やみつみつとして川の花

ばつたんこ飲めない水と書いてある

いちじくはあかるきひるへひらかれし

コスモスの中の蛇口が枯れてゐる

瓢の実を大げさに吹くはうが兄

鶉飼ふ皿のうすずみ櫻かな

式日や実柘榴に日の枯れてをる

絵心のやうなる秋のたなごころ

未生

しづけさに五月のペンは鳥を書く

一本の櫂となるべく五月の木

薔薇濡れてゐてがみにゐのありあまる

遅れくることの涼しく指栞

峰雲の骨組みを考へてゐる

ジェラートを売る青年の空腹よ

炎昼は未生の鳥を浮かべたる

サンドレスみづの斜面と照らしあふ
まなざしのあふれるまくなぎのまひる

くちなはの来し方に日の枯れてゐる
遠泳の身をしほがれの樹と思ふ

草笛のいつより濡れてゐし指か

蟻に降るあらゆるもののたそがれて

かなかなは兄の渇きの中に棲む

鳥発たす秋思いつしか鉈の形

銀ぶちの眼鏡に椋鳥のうつりこむ

稲妻の真芯が見えて飯田橋

稲妻がこんなに心地よいながめ

郊外や風のかろさの唐辛子

ずつと雨ずつと変はらぬ蔦の窓

雲流す画面にふつと夜寒のかほ

叩いても向かうのくらい冬の筒

涸るる沼見てをれば背を思ひだす

初雪が全ての瓶に映りこむ

郵政や鳩あをあをとして冬は

樹が枯れてゐる真つ白な家の上

すこししてやうやく兎だとわかる

蒲団から見えて渚の白日傘

猫の子が枕の中を知りたがる

ひかり野に蝶が余つてゐるといふ
野遊びのたくさん捨ててある王冠

句集

式日

栞

ふと見たり

岸本尚毅

たそがれの雲間の凧をふと見たり

虚子の「旗のごとなびく冬日をふと見たり」と同じ「ふと見たり」である。虚子も図太いが、この作者も図太い。夕空に高く上がる凧を見ることがある。誰が上げているのだろうかと、ふと思う。

ふと見たらそこに冬日や凧があったのではない。そこに冬日があり、凧があるということは承知していて、それまで見ていなかったものを、おもむろに「ふと見たり」というのである。

いくら高く上がっても、凧が雲間にあるはずはない。雲間に見えるのは月か飛行機か。にもかかわらず、読者もまた、雲間に凧を見たような気がするのは、「たそがれの」というベタな上五と、不用意すれすれの「ふと見たり」のゆえ。

もっといえば「たそがれ」「ふと見たり」という、脇の甘い措辞に油断した読者は、あるはずのない「雲間の凧」を、うかつにも、ふと見てしまう。「雲間に凧」でなく、「雲間の凧」としたところも、読者の油断を誘う手口なのかもしれない。

箱庭のつまびらかなる木陰かな

箱庭をつまびらかに見る、あるいは、箱庭がつまびらかに見える、というのがふつうの言い方だろう。ところがこの句は、「つまびらか」が箱庭そのものの属性であるかのように詠まれている。箱庭を見る人がそこにいようがいまいが、この箱庭はそれ自体として「つまびらか」なのである。

永き日の椅子ありありあまる中にをり

椅子がありありあまるということは、人はいないか、少ないか。「中にをり」で、周囲に空いた椅子があることがわかる。では作者（句中の人物）は椅子に座しているのか、いないのか。そこまではわからない。そのささやかな謎が、永き日の一つの様相である。

ゆかりなき秋の神輿とすこし行く

通りがかりの、その神輿とは関係のない人物として、少しばかり神輿に同行する。たまたま行く方向が同じなのか、それとも、暇なので少しだけついていったのか。そこにも小さな謎がある。

金亀子飛ぶことごとく遺作の繪

コガネムシがブーンと飛んで来る。森の中の美術館でも想像したらよいのだろう。ある画家の展覧会をしている。画家は故人なのだ。だからことごとく「遺作」である。モネだろうが、マネだろうが、遺作に違いない。それをわざわざ「遺作」と言ったことによって、遺作を見ている我々が、たまたま今現在の「生者」であることを思い出す。鑑賞の上で金亀子と遺作とを関係づけないほうが、この句にとってはよいと思う。

坂がちの夜店やひよこひとならび

小高い所にお堂や社殿があって、そこに至る参道は坂道である。その脇に夜店が出ている。売っているヒヨコが箱か何かの中にピヨピヨと「ひとならび」である（否が応でも素十の〈天草の芽のとび〳〵のひとならび〉を思い出す）。箱は水平に置かれているのであろう。にもかかわらず「坂がち」とあるので、ヒヨコが傾斜の上で足を踏ん張っているかのような錯覚を覚える。「ひよこ」と「ひとならび」が韻を踏む。「よこひとならび」（横一並び）のように見える字面が楽しい。

摘草やいづれも濡れて陸の貝

陸の貝はカタツムリのたぐいであろう。鮑の干物はともかく、生きている貝で濡れていない貝は想像し難いが、「いづれも濡れて陸の貝」といわれると、一個一個の陸生の貝が、おのが粘液におのが身の濡れた状態でひっそりと生息する様相を思い浮かべる。

ただし、そのような様相として現れるイメージを観念化・抽象化させないためには、「摘草や」という上五が必要である。「摘草や」があるので、草の根っこの湿った土に生息するカタツムリのたぐいを「実景らしきもの」として思い描くことができる。虚子が、写生写生と言ったのは、一つには、多くの人がいうように初心者のための方便だったのかもしれないが、けっしてそればかりでなく、句を実景であるかの如く（もちろん実景であってよいのだが）、読者に刻印するための周到な用意が必要である、ということを虚子は言いたかったのではなかろうか。この作者が虚子俳論の信奉者かどうかは知らないが、私は、写生ということの大切さをこのような句に思う。

読初のたちまち暮れてしまひけり

新年のことだから「初」という文字が入るのだが、まとまった時間を読書に費やすと、冬の日はすぐに夕方になってしまう。

流れゆく芥や種や田螺鳴く

下五が「田螺居る」「田螺見ゆ」「田螺這ふ」なら実景志向の句となるが、この句は「鳴く」という虚を含む。「流れゆく芥や種や」は、ゆるやかに動く用水路や田んぼの水の様相をリアルに見せる。この句もまた手際よい「写生」と、ほどよい虚構とのハイブリッドである。

枇杷熟れて壺つくりよく唄ふかな

陶芸家が鼻唄でも歌っている。その庭に枇杷が熟れている。何となく南国の感じがする。

夏を澄む飾りあふぎの狗けもの

飾り扇の絵柄が「狗」や「けもの」である。それが透けているのを「澄む」とでもいったのだろう。「夏を」とあるので、ひと夏を通して飾られ続けているということがわかる。

ずつと雨ずつと変はらぬ蔦の窓

この句は無季と解したい（「蔦」というアリバイはあるが…）。季節を特定すると、この句が楽しめないのだ。永遠の雨。雨中の景として永遠にある蔦の這う窓が見える。「蔦の窓」はわかったようでわからない表現である。自分のいる部屋の窓を蔦の蔓がよぎっているのか。向かいの家が蔦に覆われていて、その蔦の中に窓が見えるのか。どちらでもよいのである。いくぶん曖昧な「蔦の窓」が永遠の雨の景として眼前にあり続ける。この不思議なイメージは、季節の推移と無関係にあり続けて欲しい。逆にいえば、特定の季節の色に染まってほしくないのだ。

以下、好句として推したい句をいくつか抜粋する。

並べたる瓶に南風の鳴り通し
日本の元気なころの水着かな
猫の子が枕の中を知りたがる
竹筒やぽろぽろ出づる春の蟻
飴もらふ長閑なる日の岸にゐて
茶の花や鶏小屋に常の闇

共時代へのいざない

鴇田智哉

ひいふつとゆふまぐれくる氷かな

今、私は「ゆふまぐれくる」を一つの複合動詞と読んだ。そこには「ゆふまぐる」という動詞が仮定されるが、この句には、そうした仮定をすんなり起こさせるほどの、いきいきとしたスピード感がある。そしてその速度に目が眩んだ、一瞬の空白のあと、氷、が立ち現れるのだ。

さてこの、氷、とは何だろう。氷かな、とだけ言われ、どんな氷なのかは書かれていない。それだけに私は、氷の氷たるありよう、たとえば氷柱の過ったときの気のおののきを、あるいは氷塊を口に含んだときの息のたかぶりを、ありありと感じる。つまり、氷、の本性らしき透き通った感触だけがここにはあるのである。そして透き通っているからこそ、夕暮れの赤の終わりの、闇の始まりの暗みがふわりと宿る。

ひいふつと、は抜群のスピード感をもたらすとともに、語として軍記物の印象のあるため、時を遡るかのような錯覚をもたらす。ここはどこなのか、今はいつなのかという場へと、心はいざなわれていく。現代であるとか、昔であるとかを超えたところ、あるいはそれらが混在している場へと読者をいざなう言葉のありようである。

読む私はたちまちにして、氷、に至る。放たれた私は速さそのものとなって、ゆふまぐれくるまたたき、そのひとときと化し……、と思うときすでに、氷、へとゆき着いている。

安里琉太の句に感じるこの、いざない、は決して観念的だったり強引だったりはせず、きわめて自然に起こる。

涸るる沼見てをれば背を思ひだす

背、とは何だろうか。下五の口語的な雰囲気からして、まずは自分の背中、あるいは背丈であろう。沼の前にある自らのシルエットを感じ取る。一人の自分がいる、ということを思い出すときだ。と同時に、背、は文学としてさまざまな意味を含むから、たとえば、呼ぶこととか、性の別といったものを含みながら、さりげなく特殊な倍音を響かせる。

うすらひにうつそみの実の猩猩緋

薄氷に植物の実という身近な景色に、うつそみのみ、猩猩緋、といった言葉を重ね置くことにより、いつの時代、という特定のない、いわば共時代と言えるようなところへさそう。

今、ここ、でありながらそこには安らかな膨らみがある。

日晒しに卓の痩せたる酢牡蠣かな

潮焼けの人の肌のように、この卓は、日に老いている。痩せたる、という措辞にこの卓の乾いた、素のありようがわかる。みずみずしい酢牡蠣の酢が、身に沁みるようだ。

日、卓、酢牡蠣、という生活にまつわるものたちは自ずと、一人の人間の中における過去と現在とが同居する時を含むが、そうした生涯という個人のスパンを超えたところでの、もっと遠い昔へ、あるいはその反対へと投射されたはるかな未来へ、といったひろがりをもたらすようにも感じる。それは、日、というといいわば永遠の存在がもたらす効果かもしれないし、卓、がある意味、言葉としてこれ以上細かく分けることのできない要素に近いからなのかもしれない。あるいは、牡蠣というものが途方もなく昔からあったであろうと想像されるからなのかもしれない。この句には、うつそみ、のような、見えるいざないの言葉、は出てこない。しかし私は、この句からも、時のひろがりへといざなわれる感じを得る。

遅れくることの涼しく指栞

なんと繊細な、時の感じ方だろう。栞、とは読むという進行の途中にあえて差し挟むもの。指栞、なれば、不意の差し挟みなのかもしれない。読む、ということとは別の用件がそこへ交錯する、その出会いの印であるかのような、指栞。印のすぐあとにはじまる何らかの用件と、さらにそのあとの読み進み。進行すること、交錯すること、そして、遅れくること、もの、生。そのときに自分の体の指を使い、触れて感じていること。これらは生きているときに幾度となく訪れる、まさしくやわらかな、心とからだの働きではないだろうか。指栞、はまさしく今と、それ以外のものとが触れ合う場の、あかしなのではないだろうか。

共時代へといざなう安里琉太のありようは、この、指栞、そのものではないかと、私は今、気づいたところである。

雲籠めの白花

鳥居真里子

遠泳の身をしほがれの樹と思ふ

　安里さんその人を初めて意識したきっかけとなる作品である。「しほがれの樹」とは、なんという着想、思わず息を呑んだ。当時安里さんはまだ二十代前半のころ。若さの只中にいる彼が、落ち着きと奇抜さが同居するこうした作品を物にしていることに驚きを禁じ得なかった。以来、作家としての可能性を予感させる彼の前途に大きな関心と期待を寄せることになる。そして今、第一句集『式日』開演のときが訪れる。

　ページを捲り、その一句一句に眼を通していくなかで、私は幾度となく立ち止まる。作者をよく知り得ていない分、ページを追うごとに作品から立ち上がってくるその素顔、吐息にひどく敏感になっていたからである。

　ひいふつとゆふまぐれくる氷かな
　ひとり寝てしばらく海のきりぎりす
　秋冷や跪くべき花のあを
　雲籠めの白花愛しかたつむり
　春は虚の蟻地獄なりすこし掘る
　陶枕の雲の冷えともつかぬもの
　春の蚊のそよそよと吹きすぼめられ
　摘草やいづれも濡れて陸の貝

定型感を保ちながら、柔軟な感性が波打つ美しい調べ。古風と今風が互いに主張し譲り合う妙。「氷かな」「きりぎりす」への飛躍は渋さと斬新さを勝ち得ている。こうした作品の数々に触れていると、作者に生来備わる言語感覚を思わずにはいられない。否、むしろ美的感覚と言うべきか。言葉のもつ色香や手触りを鋭く琴線に浸透させ、一句の佇まいによりいっそうの深みと膨らみを与えている。また、以下に続く作品からは「青春とは何か」という問いを暗に投げかけているような気配を感じさせる。

空腹が蝶を無残に見せてゐる
しづけさに五月のペンは鳥を書く
稲妻がこんなに心地よいながめ
くわいじうはひぐれをたふれせんぷうき
叩いても向かうのくらい冬の筒
初雪が全ての瓶に映りこむ
空瓶は蜥蜴を入れてより鳴らず

それは繊細でいて力強く、醜さも恥も透明にしてしまう不思議なエネルギーを持つ闇――。私にはそんなイメージが浮かんできてしまう。多彩な表現方法と発想力を駆使しながら、十七音へと導いてゆく作者。凝り過ぎではと思わせるような作品であっても、読み終えてみればそのリズムは乱れることなくごく自然に身体に染み込んでくる。濡れながらもどこか乾いている切なさ、ふいに胸をつく言い知れぬ淋しさ。安里さんの作品世界の底流にある情感はどんな音色に包まれているのだろう。

集中「枯れる」という言葉を数句ほど目にしたが、そのどれもが心惹かれる作品であった。季語としての「枯れ」、言葉としての「枯れ」。冒頭の「遠泳の身をしほがれの樹と思ふ」にも通じるところである。言葉の重量感を鋭敏にとらえ、心地よい起伏を一句に忍び込ませる。おそらく、作者が「枯れる」に託したのは生けるものの、そして精神そのものの復活、回生を念じてやまない強い意識、願いではなかったのか。真っ白な家にも、くちなはにも、蛇口にも、そして実柘榴にも。

樹が枯れてゐる真つ白な家の上
くちなはの来し方に日の枯れてゐる
コスモスの中の蛇口が枯れてゐる
式日や実柘榴に日の枯れてをる

表題にもなっている『式日』の言葉から、ふと映画「式日」の映像が脳裏に浮かぶ。人間は孤独な生き物ゆえに身勝手な存在である。そんなテーマだったように記憶している。ルビーのように赤く熟れた柘榴の実、そこに差す秋日の侘しさと「式日」の取り合わせはみごとである。以前、安里さんと映画の話をしたことが一度だけある。ともに蜷川実花監督の「さくらん」「ヘルタースケルター」が面白かったということで話が一致した。その感覚も『式日』を読み終えてわかるような気がしてくる。蜷川実花といえば絢爛豪華、独特な色彩の映像で名高い。その色彩に秘められた節度のある美しい狂気。安里さんの作品から匂い立つ色彩にもどこかその風合いを感じ取れるのだ。

蜘蛛の囲に花の連なる涅槃かな
彫櫛の花喰ふ蛇も野分かな
沼に浮く傘のふしぎを葛の花

一句の成功の要は「涅槃」「野分」「葛の花」とした季語の斡旋である。それは踏み外す危うさを留める節度なのかもしれない。三句目では映画「ユリゴコロ」のワンシーンが蘇る。天上に向かって真っ赤な花が開くように傘が沼に浮かんでいる場面。葛の花は主役である一人の少女。不思議で残酷な運命に翻弄される少女である。

俳句形式をこよなく追求してやまない若き俳人安里琉太。その内面に一歩も二歩も踏み込んでみたくなる句集『式日』である。それは言葉との格闘に永遠の契りを結んだ証でもあり、新たなる創造の船出にふさわしい財産となるに違いない。

岸本尚毅 きしもと・なおき

1961年生まれ。「天為」「秀」同人。著書『俳句の力学』『高浜虚子 俳句の力』(俳人協会評論賞)、『俳句のギモンにこたえます』『生き方としての俳句』、句集『舜』(俳人協会新人賞)など。岩手日報・山陽新聞選者。

鴇田智哉 ときた・ともや

1969年木更津生まれ。「魚座」「雲」を経て「オルガン」所属。俳句研究賞、俳人協会新人賞。句集に『こゑふたつ』『凧と円柱』。

鳥居真里子 とりい・まりこ

1948年東京生まれ。1987年、「門」創刊と共に入会。鈴木鷹夫に師事。1997年、坪内稔典代表「船団」入会。句集に『鼬の姉妹』『月の茗荷』。第12回俳壇賞。第8回中新田俳句大賞。

製本・印刷　創栄図書印刷株式会社

首鳴らすたびすかんぽの明るくなる

喩を盗む毎日に蝶水漬くなり

空腹が蝶を無残に見せてゐる

春昼やころの吹かれて橋の上

雨吹きこむ卒業の日の文学部
ひきかへすためのあしあと春の浜

野馬はためく名付け忘れしいくつもの

流れつくものに海市の組み上がる

雲籠

あららぎのみづかげろふも夏のもの

川音や次第に見えて蜘蛛の糸

雲籠めの白花愛しかたつむり

能登は雨さんせううをと女学生

雨粒を涼しく濡らす雨なりけり

木耳や月を待つ人をちこちに

ぼんやりと月掛かりたる浮巣かな

避暑の宿耳かき売つてゐたりけり

箱眼鏡うろくづを詠み出ださんと

日を置いてみれば涼しき句なりけり

口笛や螢ぶくろのあたりまで

ゆふべけや清水の冷えをこめかみに

翠巒のみづを引き来ぬ洗ひ飯

掃き寄せて花にあをさす劫暑かな

きらきらと日焼の雨を帰りけり

秋立つはそらおそろしと青畳

丘にゐて昼のはじまる木槿かな

秋の蠅かほに当たつてゆきにけり

烏瓜むかし乳母なる体つき

くれなゐの椀落ちてゐる秋の川

泥亀や秋海棠に泥つけて

通草笑む鯉泥棒の一日に

月の暈ひらきつくしし通草かな

天窓の如きところや囮籠

うそ寒のかなへびけぶりやすきかな

かりがねに冷ゆる深山の鑿鉋

霧深く我にしたがふ霧のあり

まだ誰の手にも汚れぬ焚火かな

匂ひよき葉をふところに日短

足の裏ぶ厚く歩く冬至かな

墨磨つてをれば晩年枇杷の花

うたたねに雲古びゐる初筑波

読初のたちまち暮れてしまひけり

薺粥しらとりの畫を大切に

手鞠麩の箸をのがれて谿は雪

赤松の裂けしが匂ふ鼬の巣

ぼろ市の虎を摘んで持ちあぐる

大虚子の寒の見舞の字のそよろ

紅梅や聞きそびれたる海のこと

人づてにをのこが呉れし雛あられ

くらがりにあらあらしきは雛あられ

大波の砂もちかへる花明り

鴨去つて春のがらんとしてゐたり

飲食

白鯉のほうほう鳴くよ椿山

臭水に風吹いてゐる椿かな

いつよりか芹にこゑしらうをにこゑ

陶片の鋭さをもて囀れり

ひもすがら風のほかなく石蓴搔

その中のひとりの海女を先生と

春扇を拭ふに椿あぶらかな

春の蚊のそよそよと吹きすぼめられ

夏芝に寝て笑はれてをりにけり

老鶯や斜めに弱る竹箒

夏の川桃が流れて来はせぬか

雨の日の爪きよらかに扇かな

坂がちの夜店やひよこひとならび

疵あとのまはり明るき胡瓜かな

かき氷丈の高さをほめそやす

祭りから離れたる燈を蛾が叩く

葛切や家それぞれに風の道

片側はもう暮れてをる西瓜かな

するすると泳いで秋のかたつむり

沼に浮く傘のふしぎを葛の花

桔梗や波りうりうと安房國

ふじつぼのほろほろとして秋高し

三人に鶉の籠の暮れてをり

秋澄むや水のおもてに鳥の糞

日没の平たく曇る蓮の骨

餓ゑつくす蛇の眠りはみづのやう

荷を置くに膝のほかなくおでん食ふ

飲食の黙にマフラー垂れてをり

葱にすこし風のかなしさ奥武蔵

人参の顔とおぼしき箇所摑む

冬田道ブラウン管に突き当たる

浅黄さす冬菜ひらひら夜を呼ぶ

夢屑

花びらを凍てのぼりゆく夢はじめ

粥腹に昼の小雨や鳥総松

あはうみの波のたかぶる鏡割

一月をうちあげられしうつぼかな

海鼠嚙む風蝕の日を高く吊り

下京や七味がぱつと春寒し

いちまいと呼びたる魚も二月尽

春暁や何の忌となく雨が降り

蜘蛛の囲に花の連なる涅槃かな

魚族のうすあさぎなる涅槃かな

ひよろひよろと鳥のうからが花の中

こもりくの田に遊ぶ狆花まみれ

摘草やいづれも濡れて陸の貝

竹筒やぽろぽろ出づる春の蟻

飴もらふ長閑なる日の岸にゐて

蛇苺川痩せてより濃く匂ふ

貼りつきし花びらの朱に蛭乾く

羅漢らの永きつれづれ花楝

登りきて涼しき景となつてゐし

残夢かな花たちばなを雨の打つ

金蠅や夜どほし濤の崩れ去る

湯瘦して蓮見のこゑの中に立つ

風すさぶ昼の線香花火かな

枇杷熟れて壺つくりよく唄ふかな

夢屑といふ夜の秋の白磁壺

蟷螂のぐらぐら歩くゆふべかな

風入れて二百十日の布を売る

彫櫛の花喰ふ蛇も野分かな

月の座の魚をたぷたぷ煮て呉るる

そちらから見えて風船葛かな

ゆふべより蛇をやしなふ水の秋

邯鄲や用ありてゆく嵐山

蝶に似し茸や此処も風が吹く

花を焚くけむりが西へ秋の声

花捨てし地べた潤ふ秋の暮

印度には水澄む仏師並んで寝
ぼら釣の印度よ風が目にしみる

茶の花や鶏小屋に常の闇

在りし日の余蒔の朱欒これほどに

畳替へて鳥の高さにまろびけり

水仙に薄墨の影ありにけり

若菜野や拭へる足のうすあかね

たそがれの雲間の爪をふと見たり

ねむる間も海のうごいて鏡餅

日晒しに卓の痩せたる酢牡蠣かな

梅林を喉を鳴らして通りけり

うぐひすのこゑに小さく畳む紙

花浴びの音うれしさよ甘茶仏

雨粒に揺れのこりたる双葉かな

それぞれに淡き服着て春の海

永き日の椅子ありあまる中にをり

式日　畢

安里琉太　あさと・りゅうた

一九九四年、沖縄県生まれ。二〇一〇年より句作開始。銀化・群青同人。